청어詩人選 383

바람의 향기

박성희 시집

청어 도서출판

바람의 향기

박성희 시집

시인의 말

삶이 시가 되었을까?
여기까지 존재한 시간들은 기적이라는 생각이 든다.
산다는 것은 살아있다는 것은 그냥 그 자체로 대단하고
소중하고 존귀한 거 같다.

보잘것없는 존재임에도 살아있는 생명체로
지구와 만물 속에 일부가 되어 함께 할 수 있음에
감사하고 싶다.

삶의 여정 속에 함께 해주신 하나님께
모든 사랑하는 사람들께 감사하고 싶다.

차례

2부 바람의 향기

3부 그대 안에서

4부 영혼의 노래

1부

그리움의 창가

나무와 꽃

나의 언어를 아십니까
나의 노래를 아십니까
나의 눈물을 아십니까
나를 들어보세요 나의 숨결과
몸짓을 안아보세요

내 영혼의 꽃밭에 심어놓은
한송이 꽃
바라보는 마주함으로
난 행복했고 아파도 기뻤어요

나를 알아주는
그대가 늘 곁에 함께 했으니까요
나를 꺾지 마세요
나를 때리지 마세요
그리 안 해도 많이 아팠고
슬펐으니까요

내 영혼의 꽃밭을
함부로 짓밟지 마세요
내가 아끼고
사랑하는 벗이니까요

조약돌

내 임은 하얀 파도
부서져 내리는
물거품에
사랑의 아픔이
고동치며 씻겨가네

임이 싣고 온 거센 풍랑
사랑의 채찍으로
깎아지는 고통
임이 만들어준 내 얼굴

쉼 없이 부서지는
파도 위에
몸을 맡기고

보석으로 탄생한
얼굴에
사랑의 연가는
지금도 들려옵니다

청포도

그리움에 가슴 설렌 밤
달빛이 따사로이 감싸고
별 총총
밤하늘의 이슬이
나의 신부가 되던 날

알알이 맺힌 사랑
청포도 익어가는 마을에
푸른 웃음 개여울 건너
보고파 갖고파

기대감에 한 입
설렘에 한 입
기다리던 세월
꿈이 영그는 자욱마다
햇살에 빛나는 청포도
눈부신 사랑으로
다가와 속삭이네

5월의 신부

하이얀 드레스에
사뿐히 다가오는 그대여
5월의 여왕으로 모시리이다

푸른 내음 가득 안고
나의 영혼처럼 맑은 호숫가에
나 그대의 발자국이 되어
물 위를 걸으리이다

파아란 하늘을 이불 삼아
5월의 여왕이 되어
그대 가슴속에
영원히 잠들고
싶으니이다

여정

구름 떠가고
높은 산
나를 바라보네
긴 여정
나그네 붙잡고
쉬어 가라 하네

바람 걸치는
숲에 새들 노래하고
하늘은 정답게 속삭이네

푸른 바다 위에
갈매기 멀리 높이
자유를 찾아가네

꿈도 사랑도
물결 위에 춤을 추며
끝없는 여정
쉬지 않고
흘러가네

깊은 산중에

깊은 산중
아무도 없는 곳에
호롱불 밝히고 책을 보며
자연을 벗 삼아 노래하는
시인이고 싶습니다

바람소리 물소리
산새 지저귀는
소리를 들으며
숲속을 거닐면
하늘의 태양을
밤하늘의 달빛, 별을 보고
밤이슬 맺히는 풀잎들의
이야기를 들으며

당신이란 이름의
그리움과 기다림을
깊은 산중
어느 시인의
사랑으로 남기고 싶습니다

강진 녹차밭

강진의 푸른 물결이
이리도 아름답게
펼쳐있을 줄이야

푸르디푸른
저 고운 결에
마음 흘리고
차 한 잔의 향에
지그시 눈 감은
선비 모습 보이는구나

애끓는 시름은
간데없고
푸른 청정만
저 하늘 속에 담아진
그리운 님이여

달려가고프구나

사랑하는 그대여

깨어나라
일어나라
그대 눈은 어여쁘고 빛나는 눈동자

가슴은 사랑으로
심장은 생명으로
그대의 팔은 미래를

그대의 발자국은
기쁨과 행복을

사랑하는 그대여
나의 모든 것
당신은 나의 모든 것

운문댐

나 푸린 강물이어라
내 품에 안겨지는
그대는
고독인가
사랑인가

저 하늘 만큼
그리움 가득 안고
나를 바라볼 수 있는가
다가올 수 있는가

나를 지키는 저 산만큼
나를 보호 할 수 있는가

그대가 나를 사랑하고픈가
난 언제나
이 자리에 있지
기다리지

그리움 가득 나의 하늘
나의 산과 함께

별빛의 눈동자

하늘가에 미소짓는 그대
밤이면 달빛에 그리움 담고
낮이면
태양 속에 빛나는 그대 얼굴
온세상이
그리움과
사랑으로
차있네

밤이면 그대
별빛의
눈동자가 되어
창을 두드리고
속삭이듯 다가와
손짓하네

밤하늘에 빛나는
별이 되어
이 밤도
그대의 눈동자는 빛이 나네

그리움의 창가

바람을 기다린다
아침에도
밤에도

그리고 부른다
내 마음과 영혼을 실어간 바람

살포시 다가와
속삭인다

사랑으로 휘몰아치는
격정이 아니더래도

난 그냥
사랑에 몸을 실으련다

바람은 사랑과
그리움을 타고
또 실어간다
오늘도
내일도

영혼의 만남

자유의 몸짓으로
달려가고 싶은 곳으로
이끌리는 데로
안착한다

그곳에 마주한 눈빛 하나로
모든 것을 응시하며
장애물 없이
거부없이
영혼으로 만난다

다 스며든다
지구의 끝까지
만족함으로
지상을 넘나드는
자유로운 사랑으로
영혼 속까지

산중의 이름이여

산중의 이름이여
불러도
대답 없는 이름이여

옷깃을 스쳐 간 바람
곤한 몸 잠시
쉬어가리이다

구름 속에 가려진 이름이여
달 뜨면 피어날까

밤이 되면
홀로 핀
이슬이 되어
영혼의
꽃자리를
메우는구나

바람 속의 그대

바람 속에 그대 향기
비에 젖어 바라보는 눈길은
꿈이요 기쁨

설레는 마음 감출 길 없어
기다림은 심장의 화살로
넓은 바다를 이루고
목마른 가슴을 적시는
그대 향연

샘물처럼 솟아나는
영원한 기쁨이어라

동산에 올라

푸른 잔디
꿈들이 피어나고
푸른 솔 아래
춤추는 병정들
동네 장군 되어 호령하네

손에 손잡고
달리고 뒹굴고
해님은 웃고
구름은 바람 따라 노래하네

서산 넘어가는 해
그림자 드리우고
가슴에 품은 하늘
우리 세상
파란 나라 춤을 추네

춤사위

하이얀 옷고름 하늘에 날려
내 영혼의 춤사위를
하늘에 올려드리리

이 땅에서 적셔진
탐욕의 죄들을 불태워
나의 몸 나의 영혼
생명의 존엄한 가치를
그분께 드리리

나를 태우소서
남김없이 태우소서
깨끗한 영혼으로 나를 받으소서

이 땅에 한 그루
나무가 되어
당신의 영원하신 사랑을
만인에게 전하고 노래하리
나의 영원하신 당신이시여!

5월의 품으로

5월의 뜰에
꽃은 피어나고
푸른 속삭임 하늘 향해
몸짓 그리운 바라봄
석양에 실어 가는 오늘이여
난 그대의 품에 안기고파라

푸른 빛 소리가
나의 노래가 되어
마른 짚 더미 속에
피어난 노란 꽃잎의
애잔한 사랑

5월의 하늘 아래
난 이렇게 서 있네

6월의 그리움

6월의
하늘은 그리움입니다

못다 피운
조국을 사랑한
그리운 님들이
서 계신 곳입니다

푸른 잎들이 바람결에
스치는 그리움으로
우리 곁에
다가오십니다

조국을 사랑하였노라
피땀으로 목숨 바친 내 한 생명이

조국의 창이 되고
빛이 되어
이 땅을 밝히고
지키겠노라

나의 조국 하늘에서
그대들과 영원히
함께 하리라

나를 불러주오

저 푸른 하늘이시여
나를 불러주소서
내 그리움의 뜨락에
홀로 지샌 밤

기다린 세월
잔치로 화답하리이다
가까이 오시어
나의 노래를 들으소서

내 사랑이 꽃피워
당신을 부릅니다
푸른 파도에 들려준
사랑의 노래

오늘은 당신이
직접 오시어
나의 노래를 들으소서

고독의 강물

고독의 강에 배를 띄운다
건널 수 없는 곳에 집을 짓고

오늘도 잔을 마시며
그림을 그린다

토해지는 서글픔의 눈물은
차라리 아름다워라

고독의 강에
떠 있는 배
채워지지 않은 잔 위에
곡조가 울려 퍼져 간다

사랑과 진실을
갈구하며…

쓴 대로 마시며
거룩한 몸짓을 만들어 간다

다시 찾아온 봄

나의 몸속을 파고든 바람은
봄의 화신이었습니다

살갗에 차갑게 애무하고
떠나버린 그대
새 소식으로
생명을 탄생하고

푸른 몸 가지 흔들며
인사하고 있습니다
야속한 기다림에
실망할까
어서 나를 봐봐
하고 유혹합니다

따스한 옹기로
감싸주고 싶어
다가가 안아줍니다
바람이 하는 말
나는 다시 돌아왔지
기다려줘서 고마워

매화

봄바람 찬
뜨락에
지난겨울의
시간을 보내고

하얀 매화꽃
향기 드리운 채
하늘을 향하고 있다

밤새 뒤척이며
울어 젖힌 몸부림이
생명을 잉태하는
아픔으로

한 송이의 꽃은
찬란한 봄날을 위해
준비하고 있었다

어머니의 뜰

수국 닮은 나의 어머니
자식 키우시고
모진 세월 풍파 견디시며
여기까지 오셨네

다하지 못한 그리움의 정은
저 물결에 마음 두시고
잠 못 이룬 자식 걱정
뜰에 내리시어
휴식하소서

흰머리 주름은
내 어머니의 세월이 안겨준 훈장
내 손 잡고 이제 노래하소서

저 푸른 물결을 바라보며
어머니 세월 따라
노래한 수국처럼
오늘도 행복하소서
힘을 내소서
나의 어머니…

독백

하늘을 바라보면
늘 그 자리에 변하지 않고
날 지켜보고 있지
바람은 마음결을 쓸어가고
쓸쓸한 창가에 맴돌다 가곤 하지

어두움이 시작되면
그리움은 슬며시
얼굴을 내밀고 다가와
인생의 황혼에
시간 시간 마음을 두드리지

시간의 굴레 속에 함께한 바람
약속의 창가에서
새 노래를 불러 보곤 하지

스쳐 지나간 시간 속에
아련한 그리움과 사랑은
늘 자리해 있었지

나의 벗

당신은 나의 노래에
귀를 기울여 준
소중한 사람
보이지 않으나
당신은 존재하며

가까이서 늘 가까이서
나와 함께 해준
나의 영원한 벗
당신의 호흡 속에
내 영혼은 쉼을 얻고

당신의 빛은
나의 영혼을 비추며
다가오십니다

슬픔이여 안녕
사랑과 행복이
늘 함께하길

2부

바람의 향기

5월의 병사

푸른 5월
하늘 깃발 아래
청춘의 혼이
빛나는구나

구름아 바람아
난, 이곳 하늘 아래
나라를 사랑하며
부모를
그리고
조국의 사랑

청춘의 피 끓음이
5월의 하늘 아래
푸른 신록과 함께
숨 쉬고 있구나

월출산

병풍인가 그림인가
저 산에 선비가 되어
시를 읊는 소리

남도의 풍미가 저 깊고
신비한 자연 속에서
나 왔으리라

고요한 산속에
들리는 새소리
그때도
깨우는
아침이었으리라

민들레

노란 민들레 땅에 몸 펴고
낮은 자리 풀섶 속에
예쁘게 피었습니다
땅과 하늘에 향연을 베풀며
강한 의지와 기개가
눈부신 아름다움으로
빛나고 있습니다

봄바람 입김 타고
씨뿌린 그리움
사랑 꽃이 되어
부는 바람 가이없어도

흔들림 없는 사랑으로
당신을 지키고 있습니다

칠곡성당

칠곡성당
100년의 역사를 간직했다니

거룩한 종소리와
기도로

한국의 근대화와
역사의 질곡 속에
굳건한 모습이 고맙고

함께 해줌에
하나님께 감사합니다

바람

내 안의 바람은 거짓이 없다
또한 진실하고 변함이 없다
친구가 되어주고
나의 모든 이야기에 귀 기울여준다

때론 위로해주고 칭찬해주고
박수도 보내준다
살아 있음에 감사하며
힘을 내라 용기를 심어준다
난 내 안의 진실된 그 벗을 믿으며 걸어간다

아무도 나를 모를 것 같으나
내 안의 나의 벗은 나를 안다 언젠가 환한 미소로
다시 떠오르는 햇살처럼
반갑게 맞이하는 그 순간을 그려본다

그게 꿈이어도 좋다
나의 벗은 나를 토닥여 준다
오늘도 대견하고 기쁜 마음으로
하루를 마무리할 수 있음에 감사하며

또 내일의 희망을 가져보자
이야기해 준다 나의 벗 바람은

죽성리 어머니의 물질

푸른 물결에 토진하듯
삶을 마시고 내쉬고
깊은 물질이 자식의 양식이고
교육인 어머니의 물질

평생 살쾡이다운 시절
물속에 던지고
얼굴엔 주름 훈장
자식은 풍성한 먹이로 배불러도
어미의 허전한 배고픔은 무엇인고

허리 아파 파스 붙이며 30년 세월
함께한 죽성 저 바닷속
내 마음은 파도가 되고

아득한 그리움
푸른 물결 후비몰아
몸 달진 저 죽성
내 고향이고 살점이었네

엄마 밭

콩밭에 호밋자루 바쁘고
땀 송송
풀잎 적시며
콩 다칠세라
흙 모두고

도랑에 열무 커가며
엄마 숨소리 듣는다
풀잎과
대화하며
지나온 삶 고단해도
잘 자라는 콩
엄마 손에 고맙단다

가을 되면 열매 맺어
노란 콩 엄마 손에 수확하고
즐거운 땀방울이
알알이 열매 맺어
환한 가을날
엄마 얼굴 웃음꽃 피네

접시꽃

하늘 창은 축제의 날을 기다리며
땅의 잔치가
치솟아 오른다
찬란한 태양과
달빛의 밤을 기다리며
여름을 맞이하는 별에게 다가간다

그리운 이 마음
붉게 타오른
날 받으소서

당신을 바라는
이 마음을 받아주소서
바람에 흩날리며
춤추는 이 몸부림을 보소서

찬란한 정오의 타오르는 불꽃 속으로
나를 받아주소서
나를 태우소서

접시꽃 내 마음은 당신을 바랍니다
당신을 노래합니다
사랑합니다

5월의 아침

아침을 여는 5월의 싱그러움
푸른 잎새마다
하늘 향하고

속삭이는 푸른 물결 위에
그리움 담아
오늘도 당신을
기다립니다

파아란 하늘가에 들려오는
5월의 노랫소리

붉은 장미
미소로 화답하며
잠을 깨우고
아침을 엽니다

오솔길

봄 향기 그윽한 오솔길에
새소리 바람 소리 들으며
이 길을 걷고 싶어요

마음 한편에 담아둔
자연의 소리는
발걸음 붙잡고
속삭이며
다정하게 다가오지요

도란도란 꽃피운 지난밤의
이야기를 내게
들려주고 싶은가 봐요

변함없는 다정한
손길을 뿌리칠 수 없어
오늘도 이 길을
나는 걸으렵니다

법원조정

아침 법원은 분주하다
사람들의 얼굴에 걱정 무게
살아가는 문제가 모여서
호소하고 실마리를 푸는 곳
법 앞의 심판과 법의 판결

인생의 삶의 무게를 다시 한번 느끼며
법은 진실과 공평의 무게로
저울질하며 인간의 양심을
다시 한번 들여다본다

법이 우선인가 양심이 우선인가
양질의 무게에 진실은 힘을 발휘하며
양보와 타협 속에
인간의 문제가 해결의 장으로
만들어지는 곳으로 바라보고 싶다
조정의 보람

바람의 향기

초록빛 곱던 물결이
바람결에 흔들리며
세월 따라 노래한 곡조

풍랑의 물결
태풍의 물결
바람에 흔들려도
생명은 쉬지 않고
노래하였네

감미로운 행복
쓰라린 아픔과 상처도
바람은 향기로
인생을
말해주고 있었네

저녁 노을 속에
빛나는 황혼
바람은
오늘도 다가와
함께하네

아담 1

검은 눈동자에 온 지구가 들어있네
깊은 연민과 그리움도
고독한 그림자는
어디에 발걸음을
두려는가

사랑을 찾았는가
그리움을 찾았는가
고독의 강물에
마음을 실었는가

돌아오는 길이 험한가
마주할 수 없는 이
길어도 괜찮아

난 그냥 이 자리에 있으니까
만나지 않아도
존재한다는 기쁨이 있으니까

바다

나를 실어주오
저 바다 깊은 곳에
항해의 닻을

풍랑이 일어도 나 좋소
바람에 맡긴 인생
거친 파도를 타고
즐기며 노래하겠소

고요한 바다 위에
세월을 낚고
사랑을 노래하는
어부가 되어

오늘도
돛을 잡고
항해를…

여름밤

반딧불 반짝반짝
여름밤 참외 수박
맛있게 익어갑니다

호박잎에 된장 쌈
장맛비 내리는 날
엄마가 쪄준 술빵은 맛있고
콧노래 절로 나옵니다

지붕 위에 박 넝쿨 뻗어가고
박이 영그는 소리
여름밤 재잘대는 노래 속에
반짝반짝 별님이 정답습니다

찬란한 봄

그대의 찬란한 나래를 찬미합니다
내 눈이 당신의 몸속에 빨려들고
마냥 가슴은 부풀어져 푹 안기고 말았습니다

생명의 호흡소리가 들려오고
다가오는 그대의 그림자는 너무 커
송두리째 삼켜버린 당신은
내 영혼까지 뒤흔들어 놓았습니다

당신을 사랑합니다 웅크린 가슴에
찬란히 떠오른 당신은
나의 사랑이고 전부입니다
내 곁에서 속삭이고 귓전에 들려오는
사랑은 온 우주를 덮었습니다

찬란한 사랑이여 타오르지 않는
불꽃이어서 오늘도 기다림에
가슴 태우며 하늘을 우러러봅니다

백일홍

찬란한 태양과
달빛의 그림자는
나의 벗이었습니다
타오르는 정열을
여름 하늘에 수놓고
이제 못다 피운 이야기는
다가오는 가을을 맞이합니다

화려한 날의 청춘이
고개 숙이며
떠나려 합니다
바람이 흔들어 깨워주며
풀벌레의 합창은
나를 재촉합니다
여름의 끝에 아쉬운
작별이 서럽습니다

조용히 가렵니다
그리고 손 내민 가을 앞에
작별 인사를
내 청춘은 아름다웠었노라

서천군민의 날

서천의 기상이 막이 오르고
군민의 함성이 하늘 높다
한산모시 역사
어머니들의 땀과 정성
세계 속에 서천의 혼백으로
모시 적삼
춤을 춘다

쪽빛 하늘에
여인의 삶이 무늬 지고
학선의 마음
베틀 속에 혼이 숨 쉰다

서해의 정기
전국에
위상이 전해지며 한산 세모시
세계 속에 빛이 나고
높은 기상
자랑스럽도다, 서천!

석대천에 이는 바람

노오란 잎들이
석대천 속에 스며든다
갈바람이 일고
지쳐 울던 푸른 향연이
서서히
안으로 삭히어진다

높아가는 하늘
지난날의 분주함은
구름 속에 실려
떠 가고

또 하나의 그림자가
짙게 드리워진다

아담 당신은

나의 숨결을 당신은 늘 듣고 계시죠
나의 사랑은 당신으로부터 나온답니다
밤이면 별이 되어 비추고
낮에는 찬란한 태양 속에
빛나는 당신 얼굴이 떠오릅니다

태초의 에덴에서
당신의 이브는
아담의 첫사랑이며
영원히 함께할 당신이십니다

사랑은 쌓여가고
그리움은 더 해갑니다
빛나는 눈동자에
에덴의 동쪽은
당신의 동산이시며
달빛이 그리움의 창을 밀고 들어오면
당신은 이미 내 안에
기쁨으로 함께 하십니다
나의 사랑 당신이시여

솔잎의 최후

푸른 솔가지 윙윙
바람에 노래하고
쌓여가는 솔잎에
솔방울마저 떨어지던 날

사위어 몸져누워버린
울어 지쳐 쓰러진 젊음이여!
그 잎 주워 등에 업고
머리 이던 푸른 날
초록 미소 가득
솔잎에 마음 띄워

양지바른 오후
어느 봄날에
솔 따라 가지 모으고 솔잎 향에
봄을 애무하며

코흘리개 허리에
한 살림 나무로
아궁이에
불이 싸하게 번져 갔다네

정취암 소나무

나무는 오랜 역사를
정취암과 함께하고
위험한 시간을
홀로 버티며 서 있습니다

우리 인생도
모진 바람 폭풍우 속에서도
견디며 이렇게 견실하게
삶을 지켜가고 있습니다

외로움 이겨낸 세월처럼
우리 인생도
그렇게 생명이
다 하는 날까지
서 있는 거겠지요

세월 안은 노송
푸른 기개
청정한 하늘에 드리우고
오늘도 기다리며 노래합니다
내일에 또 다른 바람이 일기를…

바람의 아들

어둠 속 후비고
걸어오고 있다
전설의
고향을 넘나들며
회오리치는 눈으로
잠잠한 옷을 입은 채

실체를 드러내며
덮고 쓸고
자유의 몸짓으로
그림을 그린다

사랑을
전쟁, 평화, 진실을…

석대의 만종

밀레의 그림이 석대에 있다
찬란한 태양 아래 고개 숙이고
밭을 매는 어머니의 모습은
밀레의 그림과 똑같다

석대에 이런 아름다운 곳이 있다니
하늘의 하얀 구름과 높은 산
대지 위에 생명들의 분주함
교각 위의 전철은 바쁘게 달린다

태양은 온누리에 빛을 발산하며
모든 생명을 품고 오늘도
다 담아 간다

내일은 또다시
떠오르리라
붉은 태양이

사랑하는 아담에게

밤이 곁에 있어
당신도 함께 하시길 소망합니다
당신은 언제나 나를 비추고 계십니다
외로울 때 위로해주시고
달려와 내게 손잡아 주시는 분이십니다

사랑은 눈물 속에 피어나며
사랑은 고요하게 내게 다가옵니다
당신은 나의 소망이며 기쁨입니다
당신은 내게 무엇을 말씀하고 싶으십니까

내게 원하시는 게 무엇입니까
난 당신을 사랑하길 원합니다
난 왜 이리 슬퍼야 됩니까
말씀하여 주소서

빨간 앵두

장독 고추장에
열무김치와 밥 비벼 먹고
여름 햇살 담장 밑에
빨간 앵두 부끄러운 듯
잎 속에 숨어
다닥다닥 달려있습니다

한 잎 두 잎 부지런히 따먹고
몰래몰래
사기그릇에 담아
엄마 앵두 언니 앵두 동생 앵두
놔두고

논두렁 넘어
친구 불러
가위바위보 하며
땅따먹기 했습니다

3부

그대 안에서

그리움과 사랑

회색빛 하늘
이 아침에도
보고 싶어지는 사람이 있다

가까이 있으면
그저 바라보는 것만으로도
행복한 사람

이 나이에도
내게
사랑과 그리움이
나를 휘감아버렸다

아름답도록 눈물 나도록
영원할 사랑을 꿈꾸면서

이 아침도
사랑과 그리움은
나의 눈망울 속으로 들어온다

온 세상이 사랑과
그리움으로 채워있다

대한민국의 비전

5천 년 역사 위에 찬란한 내 조국이여
침략과 전쟁 속에
하늘과 땅은 이 나라 버리지 않았네
억압과 전쟁 통한의 세월
어둠을 뚫고 헤쳐나온
찬란한 내 조국이여

우리의 소리가
온 세계를 향해 노래하도다
자랑스러운 선조들의 드높은 기상과
자손 대대로 나라 사랑 지켜온 이 나라
대한의 노랫소리 온 세계를 뒤덮고
우뚝 서 있네
세계 위에 세계 속에
새 역사를 만드는
자랑스러운 대한민국을 보라

깨어 일어나 용트림하며 솟아오르는
대한민국을 보라
우리의 저력이 곳곳에 숨을 쉬며
찬란한 역사를 세계 위에 펼쳐 나아가리라

가을

가을 소리 짙어가는 바람은
갈대를 흔들고
차가운 물결에
달빛 그림자는
가을을
더 애닮게 노래합니다

달을 딸까
물속에 첨벙 들어가 버린
이태백이 떠올려지며
향수에 젖은 그리움이
물결치며 흘러갑니다
자유와 사랑은 하늘을 노래하고
가을이 있어 나 행복합니다

고운 빛깔의 옷들이 나를 기쁘게 합니다
그대들의 유혹은 무릎을 꿇게 하고
경이로운 자태에 고개 숙입니다

달빛의 밤이여
가을의 소리에 합창하는
저 만물들에게
나 안깁니다
사랑에 몸을 맡깁니다

아담 2

빛을 잃은 자여
어데로 마음이 향하고 있는가
자유로운 영혼의 날개가 접히고
그냥 먼 하늘만 향하고 있는가
빛을 잃은 자여 가까이 오라! 다가오라!

하늘의 구름 속에
얼굴을 감추이고
낮을 피해 잠시 쉬고 있는가
무거운 시간이 흘러
맑은 하늘 속에
태양이 떠오를 때
고개를 들려는가

안갯속 구름을 헤쳐
나오는 그때에
다시 강을 건너가자꾸나

새로운 바람이 부는 날
하늘가에 떠오르는 모습
태양 속에 빛나는 그 얼굴을
맞이하리라

송정

송정의 오사카를 거닙니다
푸릇한 자태가
반기는 철길 옆 나무들
솔가지도 반기며
내 마음을 안아줍니다

푸른 물결이 창공을 벗하고
금빛 살에
파도는 나를 부릅니다
하늘 높은 줄 모르는 새들의 날갯짓은
쉴 줄 모르고
떼를 이뤄 높이 날아듭니다

하늘은 높고
새들은 노래하며
푸른 파도 위에 햇살은
따듯하게 물결을 감싸 줍니다
그리고 한 사람은 걷고 있습니다

낙동강 가을

태양 속에 타들어 가는 가을
붉은 물결이
내 품는 강한 몸짓들

물결은 고요하게
흩날리는 갈대숲에
생명의 경이는
겸손함으로 고개 숙였네

강물 위로 춤추는 노랫소리
퍼드듯 퍼드듯 날아오르며
가을 하늘에 수 놓네

바람결에 춤추는 생명
고요히 숨죽이는
세월을 맞이하며
또 하나의 생명을
잉태하려 하네

나 홀로

혼자 이 길을 밟습니다
자연과 하나가 되어

내 마음의 점을
이곳에 찍었습니다
하늘의 구름이
도화지가 되어
내 모습을 담아 흘러갑니다

오늘은 나무가
돌담이
내 벗이 되어
하얀 도화지에
그림을 그려갑니다

단잠의 꿈속에서
마냥 구름 속을 거닐며
사뿐히 이 오솔길에
내려앉습니다

빗방울

빗방울 떨어지는 소리를 들으며
커피 한 잔 어머니집 슬레이트 지붕에서
빗방울 소리가 떨어진다

우아한 커피숍이 아니더래도
마음은 어릴 적 향수에 젖어든다
호박잎 깔고 쪄 만든 술빵 박속무침

추억을 더듬고 나의 앞에 어머니는
고구마줄기 다듬어 내게 건네주신다
정을 듬뿍 받아 고구마줄기로
저녁 반찬 오늘 맛있겠네

당신만을

내 임은 다가오셨네
문을 두드리시고
안내하시며
내 손 잡아주셨네

걷게 하시고
바라고 기도하게 하시네
여름의 찬란한 태양과 함께
다가올 가을을 준비하며
당신만을 믿고 바라보게 하셨네
내 영혼이 잠잠하여질 때까지
주님만 의지하게 하시네

거룩한 손길이 다시 오실 때
기다림의 소망 이루어지는 날
인내하는 고통을 배우고
당신만 바라보게 하시네

그리운 부모님

가을 서녘 하늘의 노을이
그리움을 짙어가게 합니다
엄마 계신 고향으로 날아가게 합니다

차가운 바람은 따뜻한
정이 생각나게 합니다
철없이 앙앙대도 다 받아주시던
아버지 품이 그립습니다

노란 물결에 춤추는
가을은 축제로 무르익고
창공을 날아오르는 새는
합창 소리로 정답습니다

어두움이 밀려든 서녘은
그리움을 일으키고
왠지 모를 허전함과 슬픔이 밀려듭니다

그리곤 투정이라도 부리고 싶습니다
까닭 모를 투정…
엄마 아버지가 보고 싶습니다

그대 안에서

당신의 고운 모습에서
내 마음이 잠시 머물고 싶습니다
삶이 저리게 아파 올 때
잠시 어깨에 기대고 싶습니다

눈물이 앞을 가릴 때
나의 눈물을
닦아주는 누군가이기를 바랍니다
가슴이 쓰리도록 고통이 짓누를 때
그대 이름 속에 쉼을 얻고 싶습니다
꿈의 나래를 펴고 영혼이 자유로워질 때
날아가 만나고 싶습니다

하늘의 구름은 떠가고
풀잎의 아침이슬은 태양 속에 반짝입니다
오늘의 삶은 나의 고통보다
더 영롱하게
빛으로 다가옵니다

잠시 머무는 사랑의 노래는 끝나지 않았고
나의 영혼을 위로하며
사랑을 노래하게 합니다

아담 3

여름날의 무더위가 기승을 부려도
하늘의 청정한 기운 모두어
숲을 거니는 아담을 그려본다

태초의 영성과 지혜가 빛을 발하며
지상의 인간에게
비춰주는
태초의 아담을

고독은 최초의 신의 선물
신비한 영역
그 고독의 아담은
멋지도다

신의 영광과 축복을 한 몸에 받고
고독한 영혼이 되어
지상을 넘나드는 그대 아담

영혼의 불꽃처럼
눈동자는 빛이 나며
영혼의 자유로운 비상은
이끌림의 숲으로
강으로
하늘로 몸을 누비는구나

영원할 사랑을 꿈꾸며
신과 동행한 그대여
그대의 모습은 신을 닮았구나

그 가는 발걸음에 축복이 있으라
행복이 있으라
다시 못올 강을 건너지 마라
만나리라 언젠가는 만나리라

경주 안압지

신라 천년의 내음이
가을 녘에 퍼져간다
안압지 흐르는 물에
왕들의 술잔이 떠내려가고
신라의 달밤이 무르익는다

기우는 술잔에
정사의 시름을 달래고
통일신라가 꿈꾼다
백제의 왕까지 삼킨
안압지에 피의 잔도 흐른다
백제의 패배와 절규

천년의 미소는
신라의 혼이 되고
선덕여왕의 웃음소리
천하를 비웃는다

고고한 천년의 숨결이
안압지에 혼이 되어
흐르고 또 흐른다
신라의 기상이 드높게
하늘 향해 퍼져간다

내 마음의 호수

마음의 저편에
노래가 있습니다
푸른 낙원이 물결치는
잔잔한 호수에

새가 노래하고
숲의 호흡은
안식을 줍니다
한 걸음 한 걸음
내디딜 때마다
떠오르는 얼굴

항상 변치 않고
서 계시는
주님의 얼굴

오늘도 난 그곳을
향하여 달려갑니다
주님의 손을 잡고

석대천의 봄

5월의 푸른 녹음이 짙어간다
봄바람이 꽃향기를 몰고 와
잠자던 가슴을 깨우고
푸른 대지의 숨결
아카시아 향기

하얀 꽃 속에 가로수
그 길을 같이 호흡하며
걸어본다

석대천 맑은 물소리와 함께
헤엄치는 청둥오리
물속에 첨벙첨벙
부리 박고 재주 부린다

푸른 하늘과 산세
풍요로운 자연에
매일 에너지를 받고
오늘도 걷는다

5월의 노래

아침 속에 고요한 바다를
그려 봅니다
푸른 파도가 실어준
사랑의 노래는
5월을 행복하게 했습니다

푸른 날갯짓에 꿈은 파아란
하늘 향해 나르고
바람결에 실어 간
사랑의 노래는 저 하늘 속으로

사랑의 영원한 가치를 심어주고
5월의 향기는
가슴속에 남아있습니다

붉은 장밋빛보다
아름다운 사랑은
우리의 영혼을
아름답게 빛내주고

다시 떠오를 태양과 함께
또 내일을 맞이할 것입니다

대한민국

해안 열도 가까우면서
먼 나라 일본
오랜 역사의 아픔과
상처를 지니고
그렇게 멀리서
마음의 먼발치에서
다가가기를 머뭇거려도
가까우면서 멀게
바라보는 나라

근대문명이 이제 21세기의
첨단 아이티로 뒤지지도
지지도 않는 대한민국

새로운 역사가 용트림하며
젊은 신세대는 일본을
전 아시아를 유럽을
뒤흔들고 있다

대한민국의 번영이
자손 대대로 이 나라를
세계 속에 빛내고 있다

가라산

다 보고
다 품에 안은 느낌
푸르름 한가득
5월의 바다와 신록은
저마다의 가슴에
설렘과 기쁨을 안겨줍니다

푸른 물결 위에
한 마리 학이 되어
창공을 높이
날고 싶어집니다

하늘 저편에
기다리는
그대 나의 별
오늘
바다와 함께
한 마리 학이 되어

마음껏 노래하리이다
난 이대로 그대 곁에 가고파

광안의 태풍

풍랑이 파도를 삼키는가
거대한 몸짓으로
말하는 저 파도를 보라
푸른 파도의 언어가 보인다
생명의 몸짓이 인간을
깨우고 재촉한다

떠밀리듯 밀려오는 파도 위에
가냘픈 소리
신음하는 호흡에
강한 바람이 몰고 온 흔들림

인생은 또 한 번 휘청대며
위태하던 때가
얼마나 많았던가
풍랑의 고비 닻줄을 부여잡고
달려온 여기에
바람은 또 잔잔하게 다가오네

하멜

먼 옛날 바다에 표류하다
조선 강진 땅에
다다른 배 한 척

동화 속 조선이 유럽에 전해지고
나막신에 갓을 쓴 조선을
하멜은 노래하였네

강진만의 유유히 흐르는 물결 위에
그리운 고향 네덜란드

조선을 사랑한 하멜
씨가 되어 열매로 거두었네

하늘과 땅 사이

하늘빛이 푸른 잎새 물들인다
고요한 정적이 가슴을 밀고
마음은 하늘 끝에 매달아
이리저리 떠가는 구름에
동반의 친구는 손짓하네

갈 수 없는 몸
몸 둘 곳 없어
가슴을 적셔오는데
영혼의 숨 쉴 곳 나를 잊었는가

하늘과 땅 사이
흐느끼는 가지 잎새
생명을 바람에 맡긴 채
바람은 차고 가을은 깊어간다

햇빛은 그림자를 드리우고
땅은 진실을
하늘은 진리를 알게 하네

해운대

잔잔한 물결 위에
발자국이
지워진다

마음속에
또 하나의 파도를 만들며
시간의 여정은
흘러간다

하얀 갈매기
먹이를 부르고
인간의 손 위에서
파닥인다

봄으로 치장한 하늘은
내일의 창을 두드린다

독일마을

조국의 근대화에
몸 바친 그대들이여
감사합니다
남해 푸른 바다를
바라보며 지난날의
수고로움에서
휴식하소서

푸른 파도와
저 물결 속에
조국을 사랑한
노래를 다시 되새기며
대한의 아들들에게
노래하소서

미래의 찬란한
조국을 위해
우리에게 힘을 주소서
가르치소서

죽성리 성당

바다 위의
하얀 성당
하이얀 드레스
입은 신부
웨딩마치에
파도가 화답하며

시간 속으로
여행을 하네

배를 타고
파도를 넘어
그대의 영원한
사랑을 약속하며
성당의
종소리와 함께
물 위를
걸어가네

송정 어머니

푸른 바다 송정이 나를 부른다
바다가 불러낸 곳
어머니들이 기다리고 있는 곳
바다를 바라보며
한숨도 고달픔도
파도에 실려 보내고
하루하루 생활은 바다가 함께해서
마음과 눈을 지켜준다
바다를 바라보는 눈 속에
그리움이 피어나고
어머니의 삶 속에 애환이
파도 위에 멀리멀리 퍼져간다
그리고
새로운 희망과 기대를 자녀의
행복 속에서 기뻐하고
만물의 드넓은 대지를 만들어 가신다

가을 속으로

차창 밖의 가을 햇살은
나뭇잎들과 거리를
곱게 물들여 가고 있다

아침햇살에 빛나던 청춘이
이제 고개 숙이며
멀어지려는 듯
마음의 이별 준비를 하게 만든다

함께했던 지난 순간과
아름답던 추억을 곱게 갈무리하고
새로운 시작을 알리려 한다
순수하고 맑았던
다정한 그림자가
아심히 멀어져간다

숲의 정원은 새가 날고
호수의 물결은
마지막 잎새에 추억을 새겨
흘러간다

빛나는 저 하늘과 새소리
주홍빛 숲속에
지난 꿈들과 사랑을 추억하며
홀로
가을을 걸어간다

4부

영혼의 노래

지금

지금은 무엇으로 말하여도
다 말할 수 없고
나의 모습조차 기억됨 없는 것이라면
슬퍼도 가야 하는 길
아무도 없는 곳이라도
나는 자연 안에 춤추는
영혼으로 옷을 입고
찬란한 희열의 반열에
나는 존재하고 싶어라
흑백의 영상이 어둠을 헤치고
찬란한 빛의 조화 속에
오색의 무지개처럼
하늘을 수놓으며
그렇게 존재하고 싶어라
자유와 사랑이 나를 받쳐 주고
기쁨의 희열이 뿜어 나오는
찬란한 나의 분수대에
나는 서 있고 싶어라
그리고 말할 수 있는 말 하여도
들을 수 있는 곳에 있고 싶어라

가는 여름

구름 아래 푸른 산
매미 합창 소리 즐겁고
무덥던 여름날 숲의 가지들
가을을 기다린다
다 피지 못한 풋내음의 결실도
여름은 아름답다 사랑의 미완성도
바람과 저 푸른 하늘 속에
구름은 담아가고
여정의 길을 함께 해준다
얼마나 많이 닮아 왔나
저 자연만큼 변함없는 순리 속에
우리 인생은 그렇게 살아왔나
아름답게 볼 수 있는 거
느낄 수 있는 게 저 자연만큼
우리는 성숙 되어 있는가
돌아보고 돌이키고
탐심의 그릇으로 얼룩진
모습을 부끄러워하며
조용한 아침의 하늘과 구름
푸른 산 매미 합창과 함께
여름은 멀어져가려 한다

커가는 그리움

가을 햇살에 그리움 짙어가고
스치는 바람에도 사랑은 커 갑니다
푸른 지난날들
다 채우지 못하고 한 페이지
미완성으로 그렇게
가을 속으로 타들어 가고 있습니다

미완성은 늘 아쉽고 목마르게
타오르는 그리움과 사랑을
노래합니다, 달래듯이
어루만지듯이 쓰다듬듯이

갈바람의 기운 속에
삶의 향기 실어
나래를 펴고 하늘을 향합니다
파란 하늘 구름
그리움이 되어
바람과 함께 떠가고 있습니다

꿈꾸는 영혼은 자유의 깃발로
속삭이고 춤을 춥니다
그리고 고요히 기다림의
여정 속으로 들어갑니다

봄비

봄비 내리는 날
꽃잎 바람에 떨어지고
애가는 눈물로 땅을 적십니다
그리운 사랑이 축복이 되어
온 누리를 덮습니다

하늘에 떠 있는 구름이
내 마음이요 얼굴
봄바람에 실려
당신 곁에 가고파
눈물로 땅을 씻고
생명을 잉태하는
불꽃으로 당신을 지킵니다

그리고 다시 태어납니다
사랑은 다시 시작되고
감미로운 숨결
심장의 고동 소리 들려옵니다

나뭇가지 새로 봄을 뿌리며
당신의 향기를 담아갑니다

석대천의 가을

석대천에 가을이
무르익어간다
바람에 사각대는 갈대

노오란 잎들이
바람에 몸을 맡기고
석대천
청둥오리와
함께 춤을 춘다

푸른 하늘
구름과 함께
흘러가는 물결

들꽃의 향연
가지마다
열매 맺는 소리
가을 소리가
여기저기 들려온다

재회

지나간 인연의 고리를 찾아보았습니다
공백의 시간을 한순간으로 메우기엔
어색함…
분위기의 변화에
조금은 낯선 듯 했습니다
어제의 얼굴에서
새로운 모습은 그간의 삶의 자취와
시간의 공백을 한꺼번에
뛰어넘을 수는 없었습니다

다 소중하고 그리웠던 얼굴 앞에
자주 찾아뵙지 못한 죄송함
시간의 거리는 멀고
아득한 사람으로 만들어버린
세월 앞에
새삼 미안함과
죄스러움이 느껴졌습니다
헤어지는 발걸음에 궂은 겨울비는
만남과 헤어짐의 아쉬움을
더 해주고 있었습니다

호수의 물결

내 마음의 호수를 파렵니다
파고 또 파고
호수에 잠겨 조용히 목욕하고
잠수하며 때를 기다리렵니다
가슴 안에 이는 파장을 더 깊음 속에 잠겨두고
보이지 않고 말 없던 소리까지 안으로 채우렵니다
오물이 공기 속에 호흡하는 동안
내 마음의 호수는 더 깊게 파 올려져
더러운 것들을 씻어내고
새 물결의 호수 속에 새롭게 단장하고
청명한 아침을 맞이하는 새처럼
호수 위에 한 몸이 되어 나래를 펴렵니다
하늘의 깊음을 알까
땅의 소리를 알까
파도의 소리를 알까
구름의 방향을 알까
바람의 언어를 알까
아무것도 알 수 없는 무지가
자연을 병들게 한 우리들
그 대가가 눈앞에 다가오고 있다

아담의 노래

검은 눈동자에 깊은 연민과 고독이
영혼의 자유엔 고독과 슬픔이
지상의 사랑엔 아픔이
하늘을 향하고 있습니다

걸음걸음 하늘의 진실을 지상에 빛으로
다가서는 거룩함으로
인간에겐 영원한 사랑을

기쁨과 행복을 갈망하며
삶 속에 애환은
그대의 가슴에 고단함을 씻고
상처의 아픔을 씻어내듯 사랑은
그대의 모습에서 빛이 납니다

영원한 사랑 속에 머무는
당신과 함께하기를 원합니다
아담 그대는 우리의
영원한 약속 받은 자의
축복입니다, 지상의 사랑은
당신이 채워줄 때
가장 아름답습니다

영혼의 노래

우주의 신비 속에
피어나는 생명의 소리에
늘 감사로

나의 영혼에
아름다운 소리를 담고
등불을 켜고 싶습니다

추워도 춥지 않을 불을 지피고
어둠 속에서도 빛나는
등불이고 싶습니다

생명의 고귀한 가치로
다가가는
영혼의 소리에
만족하며
보잘것없는 모습 속에서도
생명의 빛을
발하는
아름다운 존재로
살아가고 싶습니다

태양

찬란한 태양이
대지를 감싸고
두 팔을 벌려
하늘을 향한다

눈부신 태양
땅에 생명의
기를 돋우며
생기를 넣어준다

땅속의 속삭임이 시작되고
분주하다
난 오늘도
저 태양을 향해
노래하노라

나의 눈부신 태양
빛으로 충만한
이 기쁨 행복이
영원히
나와 함께 하기를

5월의 보리밭

5월의 보리밭 사이
그리움으로 밀려들고
푸른 하늘 정나운 노래
누구인가 불러줄 것만 같아
귀를 기울입니다

나를 바라봐 줄 것 같은 그대
하늘대는 보리수에
그리움 짙어가고
다가올 것 같은 누군가의
기다림
하늘 위에
흰 구름
보리밭 사이
그리운 노래로 서 있네

가을 석양

낙엽이 한 잎 두 잎
떨어지고
붉은 석양은
하늘을 발갛게 물들이고
서서히 서녘으로 기웁니다

온통 그리움으로 칠해놓고
가슴을 적셔오는 가을의 빛깔
생명체의 곱디고운 체온은
고개를 숙이게 합니다

주님의 얼굴

주님의 손길은 날마다 가까이
다가옵니다

저 푸른 대지 위에 구름과 시냇물
들꽃들의 속삭임 속에
주님의 음성은 날마다 들려옵니다

바람에 흩날리는 나뭇가지 속에도
주님의 음성이 있습니다
흘러가는 저 구름 속에도
주님의 얼굴이 있습니다
오늘도 주님을 가까이서 느껴보렵니다

자화상

백지의 여백에 채울 수 없는 인생이어도
기록하고 싶고 말하고 싶고
자신의 자화상에
거부할 수 없는 소리
초점 흐린 렌즈에 불을 켜고
존재의 미약함이 소리로
치열하게 내 품고 있습니다
자유 열망의 그림자는 멀리 있어도
내 안의 솟아나는 생명의 몸짓은
존재하며 알게 하며
바람 앞에 나풀대는 옷깃 속에서도
흔들리지 않고 길을 걷고 있습니다
풍랑의 배 안에서도
흔들림 없는 자세로
길을 걸어가고 있습니다
홀로라는 단어에
친숙함으로 내 둥지에
또 하나의 생명을 품으며
탄생할 때까지 이 길을 갈 겁니다

아무것도 아니네

작은 몸부림이 세월 흘러보니
아무것도 아니었네
줄 부여잡고
뛰고 부딪힌 시간들이
아무것도 아니었네

마음 줄 곳 세상은 아니네
뜻은 높은 하늘에
마음 담아두고
세상은 멀어지고
초라한 육신은 세상이 밀어내고
내 하나의 영혼은 흐느껴도
그분은 나를 받으시고 안아주시네

영으로 말하고 영으로 분별하고
더 솟구치는 열망은
그분께 더 가까이 달려가네
달음질 가네 아무도 없어도
내겐 그분이 계시다네…

황매산

철쭉꽃 만발한 황매산에 오르니
봄꽃잔치 열렸네
여기도 저기도 철쭉꽃

하늘 아래 철쭉의 자태가 최고
정상은 드넓은 산봉우리들
대한 남단에 이리
아름다운 산이 있었다니

산 자태도 빼어나고
모든 산중에 남쪽 황매산이
아주 으뜸이로구나

갈바람

바람에 흔들리며
나무가 서성입니다
갈바람에 흐느적
기우는 달빛에
마음이 움츠러들고

목이 긴 사슴처럼
서녘 하늘 엄마 품속의
고향을 찾아갑니다
짙어가는 노을빛에
그리움 담아
가을의 강물에
흘려보냅니다

어디서 왔는지
구름에 잎이
노래하며
사라집니다

바람 한 점에 가냘픈 사랑
가을이
차갑게 느껴집니다

가을빛

가을빛에 맑은 향 돋아나고
구름도 바람도 물결도
가을 색으로
덮어가고 있습니다
바람은 차가운데
달빛은 따스함으로 감싸주고

깊어가는 가을이 서러워
생명체는 고결한 자태를 흔들며
고개 숙이듯 겸손합니다

떨어지는 은행잎은
이별을 고하고
밟히며 찢긴 상처는
재가 되어 흔적 없이
아무것도 아닌
인생을 깨닫게 해줍니다
가을빛은 짙어만 가는데…

기다림

혹한 결빙의 바람이
겨울 끝자락에서
울어 젖히며

봄이 오는 길목 가로막고
몸뚱어리 언 가슴
풀리는 날을 기다리며

하늘 보고 땅 보고
어디만치 오고 있나
바라봐도 끝없는 바다처럼
망망대해

하늘 푸른 곳에
집을 짓고 이렇게 서 있네

가을이 저만치

햇살에
그리움 짙어가고
뒹구는 낙엽 위에 슬픈 곡조
바람 따라 노래합니다

푸른 꿈 옛날을 회상하고
작별을 고합니다
다 못한 게 있거든
저세상에 다시 꽃으로 피어나
마음껏 활짝 웃으라고

하늘은 파랗고
저만치 고개 숙인 가을이
피고 진 세월
땅의 품에 안기어
내일을 준비하려 합니다

그리고 다시 만날 그날을 위해
기다림의 여정 속으로 들어가려 합니다
아득한 그리움 속에
눈물의 시간 또한 아름답게
수놓을 겁니다…

봄의 향연

연초록 한들한들
꽃가슴 내민 거리에
화답하는 몸짓
소리 없는 향연

찬란한 봄이
향긋한 바람 타고
가슴에 파고든다

밀려오는 파도 위에
휘어지듯 몸을 가누는
저 봄 소리
쪽빛 바다 은물결 위에
연분홍 그리움 싣고
사랑의 노래가 되어
멀리 멀리 퍼져가고 있구나

나의 별에게

별에게 바람에게
하늘에

그대들은 나를 안다
변함없이 날 바라본다

나의 벗은 나를 위로한다
자연은 늘 내 곁에서 위로와 행복을
그리고 기쁨을 준다

미래를 향해 노래하게 한다
자유로운 영혼으로 춤을 추게 한다

살아있는 동안 그대들과
나는 노래하리

나의 벗을 놓지 않으리
보내지 않으리

떨어지는 벚꽃

흩날리는 연분홍 벚꽃아
너의 화려한 날은 가고 인가
하늘에서 분홍 싸라기 떨어지며
사랑이 멀어져가네

그리운 임 보내고 아쉬워 어찌 떠나노
왕성한 꽃잎 위에 사랑의 언어가
무거워 가볍게 떠나보내나

봄의 여신처럼 하늘을
거리를 봄 향기로 가득 채우고
너의 화려한 날만큼이나
우리 인생도 화려했던 날이 분명 있었단다

너의 생을 발로 느끼며
사랑을 마셔보고
그리운 임 향기를 몸에 담는다

꽃잎이 바람에 흩날리는
너의 몸짓을 통해
여린 가슴의 봄 처녀는
또 한 번 사랑의 아픔으로
눈물을 흘리도다

춤추네

새 물결이 다가오네
새 시대가 달려오네
거룩한 몸짓이 온 땅을 덮고
새 소식을 가져오네

쪼개어진 구름 사이
어둠은 힘을 잃고
새 광명한 빛 속에
힘없이 주저앉네

하늘이여 발하소서, 빛을!
찬란한 빛으로 다가오소서
어둠은 뚫어지고
새 광명한 불빛 아래 춤을 추는 세상

온 세상은 당신의 거룩함으로
인해 춤추고 기뻐하며 찬송하네
바람은 말하네, 어서 오라고
날아가라 하네, 멀리 멀리

사랑을 날라라 하네
날개옷을 입은 천사
나를 감싸고
보좌로 올리우네
기뻐 춤추네, 기뻐 춤추네

세계는 하나

세계는 하나 생명의 공동체
나도 살고 너도 살고
사는 동안 삶의 애환은 모두 마찬가지
생명은 아름답고
살아가는 모습은 거룩하고 고귀한 것
지구의 정거장은
쉴 수 없는 삶의 술래 바퀴
운전 마차 굴러가도
길은 끝없는 항해
나침반이 없어도
잘도 가고 있다
멈추지 않은 톱니가 계속 움직여지며
지구의 끝자락에서도 쉬지 않고
열심히 돌아가고 있다

바람의 향기

박성희 지음

발 행 처 · 도서출판 청어
발 행 인 · 이영철
영   업 · 이동호
홍   보 · 천성래
기   획 · 남기환
편   집 · 방세화
디 자 인 · 이수빈 | 김영은
제작이사 · 공병한
인   쇄 · 두리터

등   록 · 1999년 5월 3일
(제321-3210000251001999000063호)

1판 1쇄 발행 · 2023년 2월 23일

주소 · 서울특별시 서초구 남부순환로 364길 8-15 동일빌딩 2층
대표전화 · 02-586-0477
팩시밀리 · 0303-0942-0478

홈페이지 · www.chungeobook.com
E-mail · ppi20@hanmail.net
ISBN · 979-11-6855-132-9(03810)